아는 사람

아는 사람

—

초판 1쇄 2025년 1월 6일
지은이 김귀례
펴낸이 김영재
펴낸곳 책만드는집

—

주소 서울 마포구 양화로3길 99, 4층 (04022)
전화 3142-1585·6
팩스 336-8908
전자우편 chaekjip@naver.com
출판등록 1994년 1월 13일 제10-927호

—

ISBN 978-89-7944-889-4 (04810)
ISBN 978-89-7944-354-7 (세트)

책 만 드 는 집
시인선 256

아는 사람

김귀례 시조집

책만드는집

종소리를 더 멀리 보내기 위해서는
종은 더 아파야 합니다

소리 너머의 소리를 듣고
빛 너머의 빛을 보기 위해
숱한 새벽, 열병을 앓았습니다

자연의 언어들이 풀씨처럼 날아와
보도블록 같은 가슴에
따뜻하게 틔운 새싹

여기에 담긴 시조들이
누군가에게 그런 느낌이었으면 좋겠습니다

2025년 1월
김귀례

| 차례 |

2부　아는 사람

3부 감동 한 트럭

4부 촛대바위

5부   시간 여행

1부

따뜻한 손

따뜻한 손

솜씨가 뒤처져도
재주가 메주여도

손금이 접히도록
따라오는 인정 있어

조금은
시린 자리를
따뜻하게 감싸주네

오로라

지상의 그리움에 우주는 속살 벗고

수만 가닥 마술쇼 살아있어 아픈 물결

억겁의 교차점에서 신화처럼 출렁인다

곱절의 사랑

이름 없는 풀꽃처럼 네 봄을 심는 거야

술잔에 띄워놓고 끄덕여 주는 거야

두 손을 꼬옥 잡고서 휘파람 부는 거야

너, 들꽃

매만져 준 손길 없이 오히려 거친 매력

이름표 달지 않아도 잠깐만 봐달라고

나는 또 생의 하루쯤 수줍게 웃고 본다

아버지의 자장가

아버지 들판 같은 등에서 잠을 자다

담배 냄새 가득 밴 자장가에 눈을 떴지

고향집 솥단지에 묻었던 밥알 같은 그 노래

가끔 만나면

산딸기 첫 눈 뜨는 눈빛으로 슬쩍 와서

저만치 쓸려 가는 눈부신 윤슬이다

귀엣말 찰찰 넘치며 오롱조롱 열리다

초록 앵두

책장을 넘기듯 배냇머리 나풀대며

철 따라 키가 크고 세월 따라 웃음 짓던

진초록 꿈이 탐스러워 새콤하게 두고 왔다

너란 꽃

낯가림 살짝 넘어
첫봄에 오셨구려

우연 같은 필연으로
나 여기 있다고

제비꽃
한바탕 울컥
그대 눈빛 웃는다

꽃비 유감

단잠을 내쫓고서 오래 보지 못했다

헛꿈도 꾸어본다 그대 오기 기다리며

괜스레 소식 푸는 일 맛보기로 다녀갔다

텅 빈 충만

부모님 내리사랑 옹이 하나 보탰다

자식의 오르사랑 속잠에서 헤맨다

사나흘 북적대다가 사나흘 정신없다가

재롱꽃
– 시윤에게

백 번을 쳐다봐도 잔별 돋듯 피는 꽃

세상 꽃 다 모여도 너만큼 예쁘겠냐

작은 손 뽀로록 나와 백만 송이 피어난다

최고의 만찬

국밥집 뚝배기에 사계절 다져 넣으면

코끝에 달라붙는 맛 세상을 다 가진 맛

조촐한 두레상 머리 얼굴 묻고 먹는 거

여심 저격

여심은 몽글몽글 서성이는 마음 한쪽

초콜릿 보이스에 심장이 사르르 녹고

꽁무니 보일 듯 말 듯 다짜고짜 빠진 사랑

설렘을, 봄

처음엔 심쿵심쿵 눈빛 슬쩍 팔짱 끼고

가끔은 두근두근 나비떼로 날아올라

넌지시 남실대는 봄 행여나 엎질러질라

아량을 베풀다

뭘 모르고 만나서
멋모르고 살다가

미운 정이 많은 만큼
져주는 것이 더 큰 것을

어쩌다
몹쓸 애저럼
무덤덤히 품는 게다

휴대폰에 남은 애칭

그 옛날 달콤했던 수많은 애칭들을

오랜만에 꺼내 보니 꿀단지에 꿀이 서 말

베이비 내 사랑 달링 머슴 되고 마님 되다

행복 표지판

어제는 몰아치는 바람처럼 지났는데

오늘은 가을 하늘 구름이 지나가듯

어머니 생각에 잠겨 내 속도를 지킨다

곡선 혹은 평행선

속내를 알지 못할 쭉 뻗은 평행선에

섞이며 포용하는 곡선이 참 좋다

선들이 곧게 세운 길 함께하는 동반자

엄마가 미안하다

자상하고 애교 있는 엄마가 되기에는

이미 와버린 길이 징검징검 너무 멀다

궂은비 내리는 날엔 함초롬히 젖어줄 뿐

구구절절

일찍 만난 파도처럼
가릴 꿈은 없어도

일찍이 철들어서
가녀린 꽃대 잡아

다스려
벅찬 하늘을
감사했다 인생아

2부
아는 사람

아는 사람

철 따라 피고 지는 들꽃을 보는 듯

햇살 같은 귀를 열고 그 깊이를 재보면

무화과 속뜻을 품은 오솔길 같은 사람

어쨌든

시인이란 바통 들고 처음으로 걸었던 길

설렁설렁 걸었는데 늦지 않아 다행이다

알알이 박힌 생채기들 꽃으로 피어나다

곁눈질하다가

인자한 모습에서 인생 지도 보듯

잘 여문 옥수수처럼 그 속도 꽉 찼다

감사로 살찌워 가는 반쯤 나 닮았을까

엄마라는 이름

어릴 때는 부모님 고래 등에 기댔는데

이제는 새우 등에 배 한 척을 매달아

가슴속 별 하나를 꺼내 반짝반짝 닦는 일

밥물을 맞추며

밥 짓기
밥물 잡는 거
물 하나 맞추는 거

가장 낮은 썰물이
가장 높은 밀물이

주름진
손등 위에서
수평을 잡는 거

처마 밑에서

이따금은 수줍은 듯 하늘도 올려 보고

앞만 보고 걸어온 발치에 머문 눈길

가랑비 낙숫물 소리 우물 하나 고였다

오늘 일기

살다 보면 비에 씻긴
산 같은 날이 있고

검푸른 파도 이는
바다 같은 날도 있다

세월에
실려 흐르는
겉절이 같은 오늘

함께여서 좋을 때

따가운 햇볕에도 매서운 추위에도

웃음 한 컵 농담 한 컵 하염없이 꽃이 핀다

심야의 종착역 같은 침묵마저 정겹다

신혼

깨소금 버무려 까치집을 지어놓고

한 사람은 신나고
한 사람은 혼나고

그 언약 꿀이 묻어서 부끄럼도 들춰내고

흑역사

살다 보면 군데군데 저 잘난 맛도 있고

어쩌다가 숭덩숭덩 창피할 때도 있다

태평소 구멍구멍마다 시렁시렁 채우는 인생

얼렁뚱땅

말끝마다 샘물 소리 열 길은 쏟아놓고

한 길로 비켜섰다 바람같이 다가와서

일부러 그런 거 아니란다 알고 그런 거 아니란다

관심 거부

뻘밭을 헤집으며 기어가는 게처럼

결핍의 파편으로 오지게 들러붙어

소통을 팔매질하는 오지랖이 피곤하다

그 어느 날처럼

품 안에 스민 고요 아는 만큼 멈칫한다

자그만 탄식들은 손뼉 치며 일어선다

반쯤은 남겨두어야 황홀함이 두 배 세 배

상호 관계

한도 초과 달콤함엔 거리감이 자리하고

경로 이탈 매콤함엔 이질감이 누워있다

무명옷 걷어 올리듯 길을 내는 손이 곱다

쉼을 건너다

자벌레 한 마리가 펼 듯이 접을 듯이

가야 할 목적지도 정해진 속도도 없지만

써레질 지나간 자리 거기 한번 건너려고

모란꽃 당신은

선비의 도포 자락 향교 마당 덮고 있다

한평생을 누볐어도 발걸음은 조심조심

아버님 하얀 고무신 꽃잎으로 다시 필까

단골집

자릿값 들지 않아 오다가다 들르는 곳

유머와 따뜻함은 낯가림 귀를 털고

털털털 맹물 같은 웃음 온 동네가 들썩인다

연애와 결혼

아름다운 오해로 눈뜨고 못 본 얼굴

매서운 이해로 휘둥그레 눈을 뜬다

이제는 닳고 닳은 길목에서 안개 낀 듯 흐린 눈빛

3부

감동 한 트럭

감동 한 트럭

차곡차곡 발효시킨 지인의 택배 상자

서로 곁을 내주듯 불씨를 나누듯

그 정성 마음 한끝에 큰언니처럼 같이 왔지

어때요 괜찮아요

얼결에 뽑혀 나와 잡초라는 이름으로

꽃 핀 듯 꽃이 진 듯 초대받지 못했어도

못다 핀 부스러기조차 서로 곁을 내어준다

정화수

어머니 손등 위에
앉았던 풍랑들이

옹이 진 손바닥에
서둘러 누웠을까

한 그릇
물기 털어서
푸른 바다 품는다

잔디 마당을 걷다

여린 잎 간지럽게 맨발로 걸어본다

두 발로 꾹꾹 눌러 세상 이끼 씻어낸다

바람도 숨을 고르며 나비잠을 깨운다

뜻밖의 위로

흑장미 백 송이를
가슴에 안았네

바람 가고 그만한 날
향기 스릇 풀어놓고

그래요
그런 날도 있네요
웃음 찡긋 날렸다

별똥별

얼마나 그리우면
적막 하나 지고 갈까

얼마나 사무치면
저리 급히 날아갈까

첫사랑 수정 덩어리 아프게 떨어진다

감꽃 목걸이

그런 날 그 떫은 날 가만히 들춰보면

헤프지 않을 만큼 목덜미에 남은 향기

여울목 휘어진 길에 홍수 되어 흐른다

인생의 2분기

세 번째 스무 살에 할 일이 뭐 있을까

백 년을 못 넘겨도 나 뜨겁게 떠오른다

더 많은 날들을 만나려 노을꽃을 훔치려

설거지

거품질, 헹굼질에 삶의 소리 들어본다

다른 듯 같은 길에 푸념을 쏟아낸다

오늘에 섞이지 못한 제 허물도 지운다

쥘부채

바람이 거센 날엔 잠깐 접었다가

꽃비가 내리는 날엔 활짝 펼쳤다가

몸부림 다독거리며 접었다가 폈다가

네모의 꿈

좋은 글의 행간에서 도요새가 된 나는

갯벌을 왔다 갔다 글의 씨를 찾는다

부리 끝 콕콕 찍으며 조개 속의 진주 캐듯

결

깎인 각도 따라 보석 가치 달라지듯

세상사 자로 잰 듯 깎이어 간 각도를 본다

마음의 불티 속에서 결의 각도 숙성 중

같은 자리에서

오랫동안 익숙했던 마음도 모두 풀어

잃은 것과 얻은 것, 놓친 것과 잡은 것

더러는 넉넉하기를 암탉이 알을 낳듯

초대받은 정원

손가락 꼽아가며 가는 집이 있다

샤갈의 물고기와 찰방찰방 앉은 햇살

장맛은 나비를 불러 이중주를 빚어낸다

푸른 생각

그 많은 빛을 두고 반딧불 비켜 간 곳

내 이름 하나라도 새순 돋아 꽃이 피듯

에움길 돌고 돌아서 잡초처럼 환하다

둘레길 할머니

수청리 채마밭에 쪼그려 앉은 할머니

귀밑의 흰머리는 고구마순 벗겨지듯

주름꽃 누런 장판 위에 덕지덕지 피어있다

그 카페에서

꽃바람 부는 날엔
시 한 편 흘러간다

찬 바람 부는 날엔
시 한 줄 파고 있다

찻잔에
만 섬 햇살이
시조 한 수 엮는다

단풍 잔치

해마다 애기단풍 맛깔나게 왔었지

노릇노릇 지져대는 연인들의 속삭임

저렇게 고운 첫사랑 이 계절에 만난다

4부

촛대바위

촛대바위

무엇 하나 부끄럼도
무엇 하나 서운함도

눈을 뜨면 사라졌다
눈 감으면 다가선다

저토록
치명적인 것
채울 곳이 넉넉하다

바람 한가운데

아득한 생각들은
하나의 사치라고

조금씩 비켜서도
더 바싹 다가서도

내 곁을
다독여 준다
들어주며 살아가며

잉어, 오르다

젖은 날이 무거워도
저 혹독한 담금질

더 깊은 파장으로
더 푸른 몸짓으로

물길을
거슬러 오르며
생의 행간 넘는다

방지턱

자잘한 일들까지 자그락자그락 들고 날 때

멈추어 버린 것도 후진한 것도 아니었다

속도를 잠시 줄이고 바보처럼 살아간다

고마운 착각

한 가지 소원은
꼭 들어준다기에

희망 담은 동전 한 닢
분수대에 던지다

사막의 오아시스는
무심하게 떠있는데

이게 아닌데

남자, 여자 모여 앉아 저마다 황홀하다

노신사의 헛기침 짭조름한 바람 실어

애간장 타는 냄새에 나비는 날아갔다

휴일 부자

오늘은 노는 날 내일은 쉬는 날

눈발을 쓸고 와서 현관에서 조는 구두

그을린 그 시간들을 이리 기웃 저리 기웃

서로 다른 고요

둥지 속 새들은 먹이를 기다리고

허공은 그리움의 사색에 잠긴다

에너지 쏟아놓고 가는 눈부신 손주 자리

밑그림

하루치의 기쁨과 농도가 다를 때

외로운 미학으로 비워내는 연습으로

마음은 눈을 따라서 감탄사를 익힌다

봄꿈

행여나 봄 처녀가 풍경을 잡아끌면

현란한 향기 속에서 한사코 설레는데

아무런 기척이 없네 일광욕을 하고 있네

경험

가장 얻기 쉬운 게
가장 잃기 쉽다는 걸

가랑비 피하느라
미처 알지 못했네

그사이
풀어진 실밥
한 올 한 올 잇는다

한순간

몹쓸 놈의 역병이 심장을 덮치더니

집채만 한 파도가 육십 년을 쓸고 갔다

지나간 모든 순간들 동생아 슬퍼 말길

바람개비

치맛단 걷어 올리고 여린 허리 꺾는다

무엇을 기리며 바람으로 남으려나

함부로 짓밟지 마라 네 모습이 거기 있다

가면 쓴 여자

궁지에 몰리면 대놓고 가면 쓰고

적당히 덮으려고 골 진 주름 숨겨놓고

명예도 나름의 욕망 허기진 꽃이 피나

팔미도

세상일 궁금해서 뛰쳐나온 팔자섬

세상의 빛과 소금 되리라는 꼬리섬

천년의 문장으로 흐른다 허울 벗듯 안겨온다

겨울 바다 1

목마른 수평선이
촉촉이 젖고 있다

푸른 속살 위용 앞에
누구 향한 몸짓인가

치마폭
바람 치도록
물살이 부서지도록

겨울 바다 2

한 너울 두 너울씩
계절 성큼 떠난 자리

파랗게 자리 잡은
그 시간을 바라본다

누구의 발자국일까
지천으로 누워있다

곤줄박이

아침마다 친구처럼 찾아오는 고 녀석

좁쌀 한 줌에 마음 챙김 하는데

오늘은 꽃잎처럼 떨었다 설렘도 꽃이었다

능선

판소리 한 소절이 빈 가슴을 흘러가듯

한 가닥 난초 잎이 혼불인 양 긋고 가듯

오늘이 지나가는 길 하늘이 낸 길이다

5부

시간 여행

시간 여행

비켜선 귀한 것들 한자리에 모아보자
큰 허물 작은 허물 시간의 입자들을
토닥여
한 줄 햇살에
아가처럼 눕히자

흐르는 저 강물을 되돌려 놓아보자
희망의 등고선에 내 모습 출렁이고
달무리
낮달에 걸려
제자리를 맴돌다

봄날의 무희

하늘과 땅 사이를 안개비가 흘러가고
나는 지금 고속도로 온갖 봄을 밀고 가고
저마다
물색이 고운
하늘을 열고 있다

덩달아 일어서는 저 푸른 몸부림들
서둘러 나선 길에 달빛이 동행하고
나신裸身의
문턱에 서면
나는 물오른 나무

봄날

계절의 동행 앞에 봄 그리 환하기에
고만한 꽃잎 꽃잎 꽃물이 들기까지
내 봄은 도랑물 소리 꽃 이름을 읊는다

나비의 날갯짓에 부화한 햇살들이
꽃향기 넘어넘어 밀물로 밀려오고
내 봄은 다듬이 소리 흠뻑 젖어 흐른다

벚꽃의 반란

저어기
오시는 봄
하품하는 날 오면

양재천이 풀리듯
팝콘이 터지듯
벚꽃의 하얀 아우성 봄날을 깨운다

나뭇가지 끝자락에 불씨 같은 속살들이
눈웃음 한창이다 하얀 불길이다

봄빛에 자지러지고
꽃잎 하나 떨구고

오월의 초대

신록으로 미쳐버린 풀벌레 울음소리
보세요 내 사랑은 계절 밖에 있고요
풀내음 들창을 넘어 내게로 오시네요

그 무슨 실바람은 코끝에 와 간지럽고
노래하는 종달새 냇물 속에 풀리고요
저기선 노랑나비가 봄 향에 취해 너울너울

아버지의 강

칠월의 강물은 더 푸르게 흐른다
유년의 그 하늘은 아랫목 술 고이듯
함초롬 젖어오는 눈 물결 위를 넘나든다

자장가 그리울 때 어린 날을 줍듯이
무심으로 저만치 꼬리 긴 이야기들
별자리 침묵을 깔고 그 시절을 그리네

아버지 모시적삼 휘감아 휘어감아
잔물결 앞에 세워 이불 속을 파고든다
홀로 선 물푸레나무 하현달로 걸렸다

그 자리

내 목소리 날아간 곳 횅하니 비어있고
한 겹 외진 자리 웅크린 나의 밀어
진작에 없었던 건데 애당초 없었던 건데

한 구비 돌 적마다 작아지는 내 목소리
예서 곧추앉아 하얀 달을 걸어두자
한밤이 질펀하도록 눈물 고여버리게

연꽃을 붓질하다

저 본디 태어난 곳 세속은 멀고 먼데
늪 속의 이야기들 밀물 들고 썰물 나듯
푸른 날 그 속에 들어 대궁 하나 밀치다

꽃내음 잎새 내음 헛헛한 붓질이랴
진자리 마른자리 이리저리 구르다가
세상사 오욕칠정에 발목까지 빠지다

뿌리 속 그 본성은 정갈한 혼이었네
은은한 그 향기는 바람의 꿈이었네
달빛도 티끌을 모아 시조 한 수 펼친다

딸의 정원

황홀한 비상을 예 와서 바라보라
때로는 꽃이 피고 때로는 새가 울고
봄날의
꽃밭 속에서
너 또한 종달새

모래알만큼이나 셀 수 없는 행복 줄기
꽃가지를 흔들 듯이 보름달 오르듯이
나래를
펼쳐보아라
벌나비가 날듯이

아들의 정원

아주 멀리 왔다고 생각했는데 아들아
정말 높이 올랐다 느꼈는데 아들아
해맑은 웃음 한 송이 소우주에 별이 뜬다

젖무덤 파고들던 유년의 가슴께로
머쓱한 얼굴이 차라리 정겹구나
봄날을 네 이름으로 내 안에 일어나라

오르막 내리막길 산새마냥 노래하며
포근한 님의 품에 달콤하게 어르다가
뜨락에 꽃구름 필 적 까치가 날아든다

그림 10호

유년의 들불 같다
금물결의 파도다

숨어서 그려내는 수채화 앞에 서서

고개를
흔들어대는
억새까지 한 품이다

어느 이의 유언 같은
아니면 유성처럼

눈 감으면 떠오르는 어머님의 초상화

상처도
이런 가을엔
핏빛으로 고와라

가을 향기

창틀에 놓인 국화 가을을 덮고 있다
눈가에 하늘대는 단풍잎 바람 타고
사랑에 눈이 멀었나 그대 눈빛 묻는다

여리한 가을빛은 선홍의 빛살로 와
과수원 능금알로 별나게 반짝인다
사랑은 창호지 닮은 맑은 하늘 보탠다

베란다 밖이 그립다

긴 꼬리 늘어뜨리고 꾸물꾸물 걸어온다
베란다 창문 너머 가슴 열고 내다보니
장독대 고인 빗물에 어머니가 서있다

평생을 궂은 날들 온몸으로 꿰매시다
허무를 잡으려는 인고의 콧노래가
나직이 빗물이 되어 내 살 속을 적신다

어느 날

달팽이 뿔 위에서 무슨 일 꾸미는가
부싯돌 불빛 같은 세월에 맡겨놓고
나는 또 무엇을 바라 이 하루를 가꾸랴

오름길 걸음마다 욕심을 털어내려
빈 잔에 취해보고 죽비도 맞아보고
바람밭 풀 한 포기로 내 자리를 지킨다

헤프지 않으면서 가볍지 않으면서
그 마음 내 품 안에 넉넉히 찾아들면
푸성귀 그 맛마저도 그리워진 어느 날

보길도 물보라

바람이 가는 대로 따라 나가 보았다
해초 잎 휘어잡은 물살의 몸부림
그 몸짓 무게만큼을 내려다보며 살고 싶다

뱃머리에 몸을 던져 멋대로 부서지는
그렇게 닮아가는 갈매기 울음소리
포물선 천년을 두고 풍덩 빠져 들고 싶다

초야

초야로의 초대라 겹겹이 물이 든다
밭이랑 깊은 속으로 안개 피듯 하는 거다
끈끈한 살내음으로 지구를 돌리는 거다

세포수가 차차로 지층 되어 쌓일 때
숨 가쁜 초침 소리 섞어 마신 레드 와인
내 안의 풍경화들을 활개 치듯 세워라

아직도 6.25는 우리 가슴에
– 6.25전쟁 70주년을 맞으며

허옇게 서리서리 유월의 여윈 강은
어느 날의 능선인가 포효하는 그 오열
쑥물 든 역사를 안고 하늘 한 폭 잠겼다

탱자나무 엉긴 틈에 햇살 한 줌 챙겨줄
휴전선은 암말 없이 가로누워 칠십 년
한 세월 텅 빈 바람만 사근사근 뒤척인다

눈감아 편했을라 하늘 닿게 누운 자리
허옇게 수놓았던 서러운 언덕 위에
감꽃은 세월에 지쳐 맥없이 지는데

물레는 돌아가고 개망초 다시 피고
이 골짝 저 골짝에 훈장으로 남은 이여
어느덧 칠순의 깃발 소원으로 펄럭인다

회귀선의 돛대

가진 것 보탤 일 아무것도 없지만
밥상머리 너희들의 진주알 닮은 눈과
재재재 그 노래로 하여 내 그릇은 그득했다

할퀸 자욱에서 네 장미를 찾아내듯
뾰로통한 입술 밑에서 엄만 아팠단다
그 이름 자랑하기에 한 하루가 모자랐지

언제던가 곁가지가 자라나던 경이驚異 앞에
말과 힘을 넘어서는 섭리 앞에 내가 섰다
이래서 어머니 비인 품이 그리도 그리운가

관계 미학의 질서, 만남의 시조 시학

김봉군 가톨릭대학교 명예교수·문학평론가

1. 여는 말

김귀례 시인은 중견 시조 시인이다. 시력詩歷이 사반세기를 헤아리며, 시조집도 세 번째 상재한다. "문체는 곧 그 사람이다"라고 한 뷔퐁의 말은 옳다. 김귀례 시인의 사람됨은 그 문체에서 현저하다. 문체가 따뜻하다는 뜻이다. 다변에다 감정 기복이 심한 서정 시인들이 다수인 문학 풍토에서, 김귀례 시인의 평탄하고도 안온한 항심恒心이야말로 작지 않은 위안이다.

이번 시조집에 실린 「따뜻한 손」에서 「회귀선의 돛대」에 이르는 그의 시조 93편은 대다수가 단시조이고, 연시조 몇 편을 곁들였다. 세계전통시인협회 한국본부 기관지《시조생활》이

표방해 온 평시조 기본형 지키기의 시조 문법에 따른 것이다.

관계를 귀히 여기는 김귀례 시인의 품성은 그의 작품에 그대로 투영되어 튼실한 관계 미학이 영글었다. 사람의 삶에서 관계의 중요성을 실감 나게 노래하고 표상화하는 그다운 시조 미학의 실상은 우리 독자 모두에게 소중하리라. 만남의 시조 미학 이야기다.

2. 관계 미학의 아름다움

평설자가 자주 말하듯이, 현대사회의 비극은 사람과 자연, 사람 상호 간, 사람과 절대 진리(절대자)와의 분리detachment로 인해 빚어진다. 사람살이에서 가장 아름다운 것은 이 세 가지 분리의 비극을 해소하는 일에 있다. '만남'의 미학 말이다.

(1) 자연과의 만남

우리 전통 미학은 자연과 자아의 일체를 추구하는 데서 비롯되었다. 자연 속의 사람, 자연 아래의 사람, 자연 자체인 사람의 표상이 지극한 아름다움으로 숭상되었다. 자연을 분석과 해체의 대상으로 보았던 서구적 사고방식과 달리, 우리는 자연을 통합적 실체로 보았다. 대상으로서의 자연과 사람이 하나인 물아일체物我一體의 경지였다. 서구에서 자연과학이 발달하고 산업이 개발되어 산업혁명이 일어났으나, 동양은 서구적 근대화, 산업화의 문명과는 먼 거리에 있었다. 뒤졌다는 강박의식에 따라 사뭇 쫓기듯 산업화, 근대화의 기치를 올리고 스스로를 닦달한 결과, 우리도 서구적 근대화에 성공했다. 그로 인해 자연은 파괴의 대상이 되어, 사람은 분리의 비극조차 인식하지 못하는 지경에 이르렀다.

> 매만져 준 손길 없이 오히려 거친 매력
> 이름표 달지 않아도 잠깐만 봐달라고
> 나는 또 생의 하루쯤 수줍게 웃고 본다
> ―「너, 들꽃」 전문

 거친 벌판에 버림받은 듯 외로이 핀 익명의 들꽃 한 송이, 또 한 송이. "잠깐만 봐달라"는 들꽃과 미소로 만나게 되는 시학적 기적의 찰나, 그 '만남'의 표상과 의미는 가히 우수적이다. "모래 한 알에서 세계를 보고/ 한 송이 들꽃에서 천국을 보며/ 그대 손바닥 안에 무한을 쥐고/ 찰나 속에서 영원을 보라"고 한 윌리엄 블레이크의 명시를 소환해도 좋을 대목이다. 애플 창업자 스티브 잡스에게 영감을 준 「순수의 전조前兆」다.

낯가림 살짝 넘어

첫봄에 오셨구려

우연 같은 필연으로

나 여기 있다고

제비꽃

한바탕 울컥

그대 눈빛 웃는다

  ―「너란 꽃」전문

  이른 봄에 만나게 되는 제비꽃의 존재, 그것은 '나'와의 일치
를 소망하는 눈빛으로 와락 다가온다. '울컥'이야말로 만남의
계기가 빚는 감동의 극치가 아닌가. '나'와 '너'의 만남은 그러
기에 우연이 아닌 결곡한 필연이다.

  얼결에 뽑혀 나와 잡초라는 이름으로

  꽃 핀 듯 꽃이 진 듯 초대받지 못했어도

  못다 핀 부스러기조차 서로 곁을 내어준다

  ―「어때요 괜찮아요」전문

버림받아 생채기 난 하찮은 존재 잡초에 머무는 시적 자아의 눈길이 보석이다. 천불생무록지인天不生無綠之人이요, 지부장무명지초地不長無名之草라 했다. 하늘은 양식 없는 사람을 태어나게 하지 않고, 땅은 이름 없는 풀을 기르지 않는다는 뜻이다. 생명 자체의 존귀성을 이르는 말이다.

얼마나 그리우면
적막 하나 지고 갈까

얼마나 사무치면
저리 급히 날아갈까

첫사랑 수정 덩어리 아프게 떨어진다
　　－「별똥별」전문

별똥별의 절절한 표상성을 이같이 실감 나게 표출한 서정 시조가 있었던가. 별똥별을 "첫사랑 수정 덩어리"라고 한 은유적 이미지가 신선하다. 독창적이라는 뜻이다. 사무치는 첫사랑의 그리움이란 이처럼 우주적인가.

신록으로 미쳐버린 풀벌레 울음소리

보세요 내 사랑은 계절 밖에 있고요

풀내음 들창을 넘어 내게로 오시네요

그 무슨 실바람은 코끝에 와 간지럽고

노래하는 종달새 냇물 속에 풀리고요

저기선 노랑나비가 봄 향에 취해 너울너울

　－「오월의 초대」전문

　청각적 심상과 시각적 심상이 비교적 객관적으로 제시되어

있다. 서정 장르의 문학은 본디 세계를 자아화하는 것이 그 속

성이다. 여기서 시적 자아는 오히려 대상을 객관화하여 보여줌

showing으로써 자아와 대상 간의 심미적 거리aesthetic distance를

유지한다. 독자와의 소통 영역을 넓히고자 한 것이다. 작으나

아름다운 소재인 신록, 풀벌레, 풀내음, 실바람, 종달새, 노랑나

비들의 청각·시각·후각·촉각의 심상이 오케스트라인 양 향

연을 펼친다. 풍성한 계절, 한바탕 흐벅진 잔치다. "신록으로 미

쳐버린"의 과격한 직정直情마저 봄의 정취에 묻힐 뿐이다.

　사람과 자연과의 만남, 이보다 더 흐벅질 수 있을까.

(2) 사람과의 만남

사람은 혼자 살지 못한다. 자연과 사람과의 교류 없는 절대적 단독자는 있을 수 없다.

솜씨가 뒤처져도
재주가 메주여도

손금이 접히도록
따라오는 인정 있어

조금은
시린 자리를
따뜻하게 감싸주네
 ―「따뜻한 손」 전문

재주 있고 유능하지는 않아도 인정스러운 따뜻한 손의 주인공을 찬미한다. 한국인의 '인정'과 '손'이야말로 그 정체성이 아닌가. '한국인다움'을 표상하는 따사로운 만남이다.

속내를 알지 못할 쭉 뻗은 평행선에

섞이며 포용하는 곡선이 참 좋다

선들이 곧게 세운 길 함께하는 동반자

   –「곡선 혹은 평행선」 전문

  인생길에는 '홀로'의 삶이 있고, '더불어'의 삶이 있다. 홀로
이고자 하나 더불어가 보채고, 더불어 가는 길에 홀로이기를 보
채기도 한다. 평행선은 더불어일 듯하나 끝끝내 만남에 실패하
기에 그리움에 목 타는 행로다. 여기에 "섞이며 포용하는 곡선"
의 존재가 소중하다. 만남의 촉매인 까닭이다. 가붓해 보이나
심오한 철리哲理가 이 시조 속에 깃들었다. 만남의 비의秘義다.

  철 따라 피고 지는 들꽃을 보는 듯

  햇살 같은 귀를 열고 그 깊이를 재보면

  무화과 속뜻을 품은 오솔길 같은 사람

   –「아는 사람」 전문

  사람을 알기는 미상불 어렵다. 여기서 "아는 사람"이란 범상
치 않은 '만남'을 함축한다. 아는 사람의 객관적 상관물은 들꽃
과 오솔길이다. 들꽃의 표상과 의미는 이미 탐조한 바 있고, "무
화과 속뜻을 품은 오솔길"은 사유思惟의 깊이를 가늠케 한다.
무화과의 의미와 표상성이란 무엇일까? 프랑스 철인이요 비평

가인 생트뵈브가 말했다. "예술이란 그것이 무엇인가 하고 관조, 명상하는 그 자체다." 더욱이 이 시조집의 표제이니.

따가운 햇볕에도 매서운 추위에도
웃음 한 컵 농담 한 컵 하염없이 꽃이 핀다
심야의 종착역 같은 침묵마저 정겹다
　-「함께여서 좋을 때」 전문

　환경의 변화에도 상관없이 나누는 허물없는 만남에는 웃음이건 농담이건 진지한 대화건, 그 모두가 꽃이듯 아름답다. 소리 없는 침묵의 대화가 더 정겨운 때가 있다. 만남의 기쁨이다.

뻘밭을 헤집으며 기어가는 게처럼
결핍의 파편으로 오지게 들러붙어
소통을 팔매질하는 오지랖이 피곤하다
　-「관심 거부」 전문

　분리와 결핍의 고통을 표출한 아픈 장면이다. 소통을 갈망하는 시적 자아의 '뻘밭의 고투'가 무위로 끝나지 않기를! 독자들의 응원가가 들리지 않는가. 인생이, 만남의 질서가 어디 평탄하기만 하던가.

아름다운 오해로 눈뜨고 못 본 얼굴

매서운 이해로 휘둥그레 눈을 뜬다

이제는 닳고 닳은 길목에서 안개 낀 듯 흐린 눈빛

  ―「연애와 결혼」 전문

연애의 '맹목'과 혼인의 '눈뜸'을 담담히 노래했다. "안개 낀
듯 흐린 눈빛"은 체념의 시선이면서 달관의 심서心緒이기도 하
다. 재미있게 읽힌 작품이다.

차곡차곡 발효시킨 지인의 택배 상자

서로 곁을 내주듯 불씨를 나누듯

그 정성 마음 한끝에 큰언니처럼 같이 왔지

  ―「감동 한 트럭」 전문

택배 상자를 매개로 한 '만남의 불씨'가 따습다. '큰언니'인 양
믿음직한 인정의 불씨다. "감동 한 트럭"의 과장이 좋기만 하다.

궁지에 몰리면 대놓고 가면 쓰고

적당히 덮으려고 골 진 주름 숨겨놓고

명예도 나름의 욕망 허기진 꽃이 피나

　　　　　　　－「가면 쓴 여자」 전문

　표리부동의 불행에 경종을 울리는 작품이다. 그릇된 관계 조작이란 '만남'에 실패하는 존재 자체의 부정이다.

(3) 가족·고향과의 만남

　가족이 있는 사람은 만남의 소중함을 뼈저리게 실감한다. 농경문화에서 성장한 김귀례 시인이야 더 말해 무엇 하랴.

　　부모님 내리사랑 옹이 하나 보냈다
　　자식의 오르사랑 속잠에서 헤맨다
　　사나흘 북적대다가 사나흘 정신없다가
　　　－「텅 빈 충만」 전문

　사랑의 질서는 흐름이다. 흐름의 질서에 따라 사랑도 내리흐른다. 오르사랑이란 상념에서만 살기 십상이다. 부모님 사랑에 생겨난 옹이는 자식의 때늦은 오르사랑에 회한悔恨의 옹이가 된다. 끝내 '옹이' 져서 만나는 부모·자녀의 사랑이다. "텅 빈 충만"의 모순어법, 시학적 역설의 의사진술擬似陳述, pseudo-statement이다.

어릴 때는 부모님 고래 등에 기댔는데
이제는 새우 등에 배 한 척을 매달아
가슴속 별 하나를 꺼내 반짝반짝 닦는 일
　－「엄마라는 이름」 전문

　시간의 흐름에 거스를 생명체는 없다. 부모, 특히 '엄마'라
는 이름이 환기하는 의미가 시적 자아에게 사무치게 다가온다.
"가슴속 별"을 윤이 나게 닦는 일이라니. 시적 자아의 초롱초롱
한 낙관적 비전이 아름답다.

어머니 손등 위에
앉았던 풍랑들이

옹이 진 손바닥에
서둘러 누웠을까

한 그릇
물기 털어서
푸른 바다 품는다
　－「정화수」 전문

천지신명께 치성드리는 이 땅 어머니들 손에 받쳐 들린 정화수는 원초적 제의祭儀, ritual, 종교의식이다. 인생의 파란만장한 간난신고와 애절한 소망의 파동들이 정화수 안에서 푸른 바다를 품은 평안의 표상으로 자리할 수 있다. 우리 민속신앙의 원형archetype이다. 2022년 10월 청풍명월 시조 문학 전국 공모전의 대상 수상작이다.

아버지 모시적삼 휘감아 휘어감아
잔물결 앞에 세워 이불 속을 파고든다
홀로 선 물푸레나무 하현달로 걸렸다
    -「아버지의 강」제3연

이 작품의 서두는 "칠월의 강물은 더 푸르게 흐른다"이다. 친정 부친과 중학교 2학년 7월에 결별한 탓이다. 그 절통한 '분리의 아픔'도 중견 시인 김귀례 작가의 인생 연륜, 절차탁마의 시정詩情에 아로새겨져 어조tone가 눅었다. 범상치 않은 시력詩歷의 정화精華다. 대은(변안열)문학상 수상작이다.

언제던가 곁가지가 자라나던 경이驚異 앞에
말과 힘을 넘어서는 섭리 앞에 내가 섰다

이래서 어머니 비인 품이 그리도 그리운가

   –「회귀선의 돛대」제3연

　어머니 부재의 시공時空에서 섭리를 새삼 확인하는 시적 자아의 표상이 사뭇 허허롭다. 그 허허로움의 한복판에서 그리운 어머니와 해후한다. 섭리에의 순명順命이다. 2000년《시조생활》신인문학상 수상작이다.

(4) 역사·사회와의 대면

　아리스토텔레스가 아니어도 우리는 스스로 사회적, 역사적 존재임을 안다.

국밥집 뚝배기에 사계절 다져 넣으면

코끝에 달라붙는 맛 세상을 다 가진 맛

조촐한 두레상 머리 얼굴 묻고 먹는 거

   –「최고의 만찬」전문

　조촐한 두레상에서 뚝배기를 함께 먹는 평범한 일상, '더불어 살기'의 세상맛을 함께하는 삶을 노래했다. 토속미 서린, 소담한 만남의 한 장면이다.

오늘은 노는 날 내일은 쉬는 날

눈발을 쓸고 와서 현관에서 조는 구두

그을린 그 시간들을 이리 기웃 저리 기웃

  ―「휴일 부자」 전문

　정년퇴임한 남성들의 일상을 그렸다. 그들이 어디서 누구, 또는 무엇과 만날 것인지가 궁금하다.

허옇게 서리서리 유월의 여윈 강은

어느 날의 능선인가 포효하는 그 오열

쑥물 든 역사를 안고 하늘 한 폭 잠겼다

(……)

물레는 돌아가고 개망초 다시 피고

이 골짝 저 골짝에 훈장으로 남은 이여

어느덧 칠순의 깃발 소원으로 펄럭인다

  ―「아직도 6.25는 우리 가슴에 ― 6.25전쟁 70주년을 맞으며」 제 1, 4연

6.25전쟁의 통고 체험痛苦體驗을 공유하는 이들이 조성하는 만남의 장면이다. 김귀례 시인이 재향군인회 행사에 초대받아 낭송한 시조다.

(5) 자아와의 대면

철인이나 시인이 궁극적으로 추구하는 대상은 자아다. 자아와의 참된 만남을 통해 사람은 자신의 실체에 직면할 수 있다.

세 번째 스무 살에 할 일이 뭐 있을까
백 년을 못 넘겨도 나 뜨겁게 떠오른다
더 많은 날들을 만나려 노을꽃을 훔치려
　－「인생의 2분기」 전문

좋은 글의 행간에서 도요새가 된 나는
갯벌을 왔다 갔다 글의 씨를 찾는다
부리 끝 콕콕 찍으며 조개 속의 진주 캐듯
　－「네모의 꿈」 전문

깎인 각도 따라 보석 가치 달라지듯
세상사 자로 잰 듯 깎이어 간 각도를 본다

마음의 불티 속에서 결의 각도 숙성 중
　　　－「결」 전문

오랫동안 익숙했던 마음도 모두 풀어
잃은 것과 얻은 것, 놓친 것과 잡은 것
더러는 넉넉하기를 암탉이 알을 낳듯
　　　－「같은 자리에서」 전문

꽃바람 부는 날엔
시 한 편 흘러간다

찬 바람 부는 날엔
시 한 줄 파고 있다

찻잔에
만 섬 햇살이
시조 한 수 엮는다
　　　－「그 카페에서」 전문

젖은 날이 무거워도
저 혹독한 담금질

더 깊은 파장으로

더 푸른 몸짓으로

물길을

거슬러 오르며

생의 행간 넘는다

　　　 -「잉어, 오르다」 전문

　시인의 자아는 이제 생의 2분기를 맞이한다. 속절없이 주저
앉기에는 노을꽃 고운 많은 날들이 저기 있다. "조개 속의 진주
캐듯" "글의 씨를 찾"고, 자로 잰 각도들을 숙성의 공간에서 결
삭이며, 잃거나 얻은 것, 놓친 것과 잡은 것 모두를 넉넉하게 품
어 안는다. 이런저런 날들의 갈피갈피에서, "만 섬 햇살"에 시
조 한 수가 익는다. 삶의 세찬 여울, 역류의 물살을 거스르는 고
통의 시간들이 집히는 「잉어, 오르다」에 마음이 꽂힌다. 시인
이 수술의 아픔을 견디며 회복기에 든 날, 양재천 15개 층이 진
물길을 치오르던 잉어 무리의 어기찬 생태미를 모티브로 했다.
시인의 자아 표상이다.

　김귀례 시인, 자아 탐색의 작품에서 시재詩才가 더욱 빛을 발
한다.

3. 맺는말

이 글은 김귀례 시인의 평탄하고도 안온한 항심恒心을 상찬하는 말로 시작되었다. 그의 원숙한 시조 문체의 온기에 대한 찬사다. 필경 '만남'으로 결정結晶되는 관계의 미학은 디지털 문명기의 극한적 소외현상에 도전적인, 소중한 시조 시학적 개가凱歌일 수 있다.

김귀례 시조 시학은 현대인의 관계 파탄 현상인 분리 detachment의 비극 해소에 선편을 잡는다. 사람과 자연, 사람 상호 간, 사람과 절대 진리(절대자)와의 분리로 인한 비극을 관계의 미학으로 해소한다.

자연을 분석과 해체의 대상으로 보고 자연과학과 산업문명의 융성에 편향된 근대 이후의 인류는 분리와 소외의 비극에 무심한 채 스스로를 관계와 만남의 시공에서 소외해 왔다. 김귀례 시인은 자연 만상, 우선 하찮은 잡초와 자그만 들꽃, 풀벌레와 종달새, 노랑나비를 비롯한 모든 생명체와의 관계 설정, 만남의 시학에 '심혼心魂'을 쏟는다. 사람과 자연이 빚는 흐벅진 우주적 향연이다.

김 시인은 '홀로'의 삶을 통하여 자연의 진상에 직핍해 들지만, 이는 마침내 '더불어의 미학, 만남의 시학'에서 빛을 발한다. 사람에 대한 사랑 말이다. 가령, 택배 상자와의 만남을 "감동 한 트럭"이라 한 그의 풍성한 감수성을 보라.

농경문화의 체험자인 김 시인의 고향과 가족에 대한 관심은 자별하다. 일찍이 서럽게 결별한 부친에 대한 아린 기억, 자아의 표상에 오버랩되는 어머니를 향한 절절한 그리움의 격정마저 그의 농익은 시정의 마을에선 이제 결 삭고 늙은 어조로 가라앉아 있다. 김 시인의 만만찮은 시력詩歷, 연륜의 저력이다.

무릇 시인은 역사와 사회 현실에 무심할 수 없다. 김 시인은 "휴일 부자"인 은퇴자의 현황을 잔잔히 관조하며, 민족의 비극 6.25전쟁의 통고 체험痛苦體驗에도 시학적 열정으로 함께한다.

김귀례 시인의 시재詩才는 실로 자아의 표상 쪽에서 현저히 빛난다. 시인과 철인의 궁극적 만남의 대상은 참자아인 까닭이다. 사유思惟의 깊이 말이다. 참자아의 표상성은, 직선과 곡선, 각진 곳과 모난 곳, 놓친 것과 잡은 것들의 대립과 길항마저 안온과 평정의 더 큰 자아의 원공圓空에서는 만남의 큰 질서로서 현현顯現한다. 설령, 역류의 크나큰 간난신고가 닥친다고 한들 김 시인의 만남과 사랑과 극복의 자아가 어찌 속절없이 좌초할쏜가.

요컨대, 김귀례 시인은 원숙기에 든 중견 예인藝人이다. 그는 따뜻한 사랑의 증인이기에, 자연과 사람과 역사·사회와의 아름다운 관계의 미학을 생명소로 가꾸고 북돋우는, 이 땅의 현저한 시조 시인의 반열에 올라 있다. 그가 일군 만남의 시학이

134

야말로 분리의 비극에 도전하는 우리 심혼心魂의 꽃이다.

세 번째 시조집 상재上梓를 기리며 선하고 아름다운 사람 김 귀례 시인의 여생이 길이 평탄하기를 축원한다.